오래
보아야
예쁘다

너도
그렇다

나를 감싸 안는 따뜻한 시 문장들

너도 그렇다

오래 보아야 예쁘다

나태주 엮고 한아롱 그리다

RHK
알에이치코리아

응원이 필요합니다

또다시 초겨울, 설핏 눈발이 비치고 알싸한 느낌.
어디선가 파냄새라도 마늘냄새라도 번질 듯.
그러나 당신은 여전히 외롭고 허전한 사람.

위로받고 싶다, 응원이 필요하고 파이팅이 필요하다,
머리 조아려 찾아보지만 떠오르는 이름은 마뜩치 않다.
어찌할 것인가?

그럴 땐 나 자신이 나를 위로해야 한다.
나는 괜찮다, 나는 잘하고 있다, 스스로를 다독여야만 한다.
옛날 어른들은 하루에 세 차례
자신을 돌아보고 반성하자 말씀하셨지만
오늘 우리는 하루에 세 번씩 자신을 칭찬하고 부추겨야만 한다.
그래야 하루하루, 순간순간의 강물을 건널 수 있다.

나에게도 응원이 필요합니다.
그러기 전에 내가 당신의 응원이 되고 파이팅이 되어드리겠습니다.
당신도 나의 응원이 되고 파이팅이 되어주십시오.

나태주

차례

 01 쉼, 지금은 좋은 때

02 희망, 잎 하나 피어납니다

03 삶, 진정한 여행

04 사랑, 꽃을 보듯 너를 본다

05 그리다, 어느 봄날에선가 꿈에선가

06 사람, 나의 소중한 사람들

01

쉼,
지금은
좋은 때

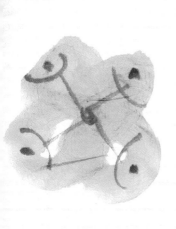

산중문답

왜 푸른 산에 사느냐 물으셨나요?
굳이   웃으며   대답하지   않음은
마음이 절로 한가롭기 때문이라오.

입맞춤
뒤에
—

'잠이 들었니?'
물으면 '아니'라고
너는 대답한다

5월
꽃이 피는
한나절
호숫가 잔디밭
햇빛 아래.

미끼
루후우

눈부신
속살

—

담장 위에 호박고지 가을볕 좋다

짜 랑 짜 랑 소리 날듯 가을볕 좋다

주인 잠시 집 비우고 외출한 사이

집 지키는 호박고지 새하얀 속살

눈부신 그 속살에

축복 있으라.

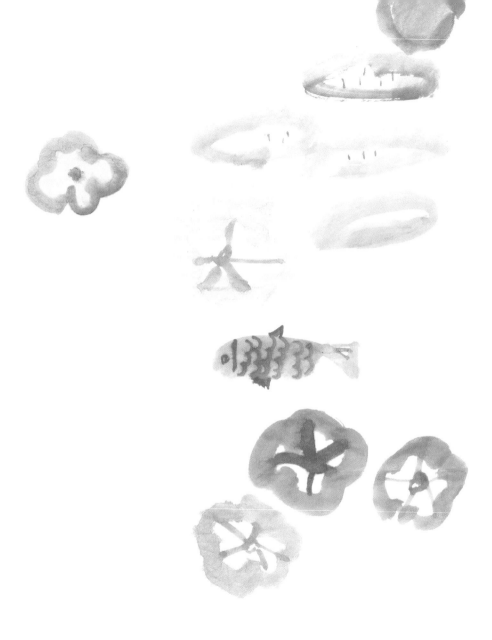

지금은
좋은
때

―

지금은 좋은 때, 램프에 불이   켜질   때.
모든 것이 이토록 조용하고 평화로운 저녁,
새의 깃털 떨어지는 소리까지도 들릴 것 같은 이 고요함.

지금은 좋은 때, 가만가만히
사랑하는 사람이 찾아오는 바로   그런   때.
산들바람처럼 연기처럼
조 용 조 용   천 천 히 .

에밀 베르하렌

그리운
바다

—

내 다시 바다로 가겠네, 떠도는 집시처럼
바람 새파란 칼날 같은 갈매기와 고래의 길로 가겠네.
호탕하게 웃어대는 친구의 즐거운 끝없는 이야기와
지루함이 끝난 뒤의 조용한 잠과
아름다운 꿈만 있으면 그뿐이리.

기쁨

난초 화분의 휘어진
이파리 하나가
허공에 몸을 기댄다

허공도 따라서 휘어지면서
난초 이파리를 살그머니
보듬어 안는다

그들 사이에 사람인 내가 모르는
잔잔한 기쁨의
강물이 흐른다.

때는　봄
봄날은　아침
아침은　일곱 시
언덕에는　진주이슬
종달새　높이 날고
가시나무울타리에　달팽이 오르고
하느님은　하늘에 계시니
세상은　두루 평화롭구나.

행복

—

저녁 때

돌아갈 집이 있다는 것

힘들 때

마음속으로 생각할 사람 있다는 것

외로울 때

혼자서 부를 노래 있다는 것.

나
태
주

낙엽

시몬, 가자. 나뭇잎 저버린 숲으로.
낙엽은 이끼와 돌과 오솔길을 덮고 있다.

시몬, 너는 좋아하니, 낙엽 밟는 소리를?

레
미
드
구
르
몽

나그네의
밤
노래 · 2

—

모든 봉우리 위에
안식은 있고

모든 나무 꼭대기에서 우리는
느끼지 못한다
한 줄기 산들바람조차

이제 산새들도
숲 속에서 깃을 찾았다

기다리라, 머지않아 그대 또한
쉴 날이 오게 되리라.

요
한
볼
프
강
폰
괴
테

나는 지금 샘물을 치러 가련다
나뭇잎들만 건져 올리면 된다
그리고 물이 맑아지는 것을 들여다보련다

그리 오래 걸리지 않을 것이다
너도 같이 가자.

로
버
트

프
로
스
트

멀리
풍경
—

꽃이 피고 새잎 나는 날
마음아 너도 거기서
꽃 피우고 새잎 내면서
놀고 있거라.

나
태
주

02

희망,
잎 하나
피어납니다

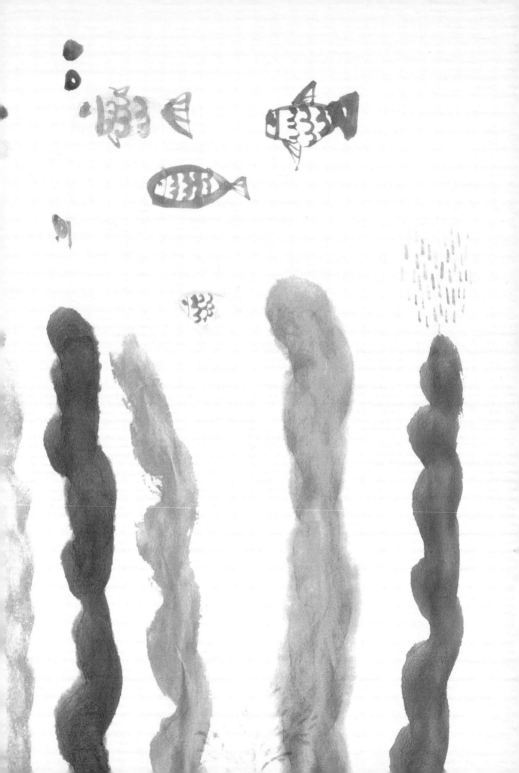

민들레

―

나는 미소를 잃어버렸습니다.
그러나 걱정하지 않습니다.
민들레가 그것을 내 대신
간직하고 있으니까요.

민들레

참나무

젊어서나 늙어서나
저기 저 참나무같이 네 삶을 살아라
봄에는 싱싱한 황금빛으로 빛나며
여름에는 무성하게 자라고, 그리고 나서
가을이 오면 다시 더욱 더 황금빛이 되고
마침내 잎사귀 모두 떨어지면
보라, 줄기와 가지만으로 버티어 선
저 힘찬 발가벗은 몸을.

알프레드 테니슨

풀꽃.3

―

기 죽 지 말 고   살 아 봐
꽃 피 워   봐
참   좋 아 .

기죽지 말고 살아봐
꽃 피워봐
참 좋아~

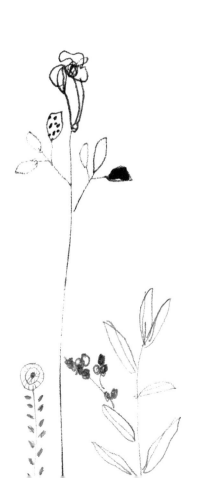

나
태
주

45

희망
—

희망이란 마치 땅 위의 길과 같은 것이다.
본래 땅 위에 길이 없었다.
걸어가는 사람이 많아지면
그것이 길이 되는 것이다.

눈 덮인
들판에서

—

그대 눈 덮인 들판을 걸어갈 때
부디 그 길을 어지럽게 하지 마시게.
오늘 남긴 그대 발자국
끝내 내일 뒤따르는 사람들 이정표 된다네.

루쉰 ＼ 서산대사

세상은 아직도
징글징글 하도록
좋은 곳이란다

세상은 아직도 징글징글하도록 좋은 곳이란다.

나
태
주

날이 개면 시장에 가리라
새로 산 자전거를 타고
힘들어 페달을 비비며

될수록 소로길을 찾아서
개울길을 따라서
흐드러진 코스모스 꽃들
새로 피어나는 과꽃들 보며 가야지

아는 사람을 만나면 자전거에서 내려
악수를 청하며 인사를 할 것이다
기분이 좋아지면 휘파람이라도 불 것이다

어느 집 담장 위엔가
넝쿨콩도 올라와 열렸네
석류도 바깥세상이 궁금한지
고개 내밀고 얼굴 붉혔네

시장에 가서는
아내가 부탁한 반찬거리를 사리라
생선도 사고 채소도 사 가지고 오리라.

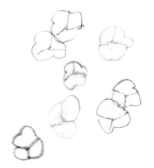

나
태
주

혼자서

———

두 셋이서 피어 있는 꽃보다
오직 혼자서 피어있는 꽃이
더 당당하고 아름다울 때 있다

너 오늘 혼자 외롭게
꽃으로 서 있음을 너무
힘들어 하지 말아라.

편도나무

—

어느 날 나는
편도나무에게 말하였네

간절히
온 마음과 기쁨
그리고 믿음으로

편도나무여
나에게 신의 이야기를
들려주렴

그러자 편도나무는 활짝
꽃을 피웠네.

니
코
스

카
잔
차
키
스

화엄

—

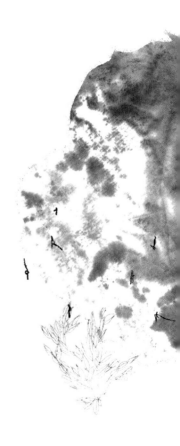

꽃장엄이란 말
가슴이 벅찹니다

꽃송이 하나하나가
세상이요 우주라지요

아,　아,　아
그만 가슴이 열려

나도 한 송이 꽃으로 팡!
터지고 싶습니다.

나
태
주

마당을 쓸었습니다
지구 한 모퉁이가 깨끗해졌습니다

삶이
그대를
속일
지라도

—

삶이 그대를 속일지라도
슬퍼하거나 노하지 말라!
설움의 날을 참고 견디면
머잖아 기쁨의 날이 오리니.

마음은 언제나 미래를 꿈꾸고
현재는 우울하고 슬픈 것!
모든 것들은 한순간에 지나가고
지나간 것들은 또다시 그리워지나니.

알렉산드르 푸슈킨

한 알의
모래

—

한 알의 모래에서 세상을 보고
한 송이 들꽃에서 하늘을 보려면
네 손바닥에 무한을 쥐고
한순간에 영원을 담아라.

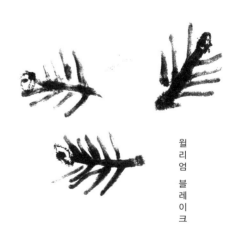

윌리엄 블레이크

카비르
시

―

벗이여, 어디 가서 신을 찾느냐?
보라, 그대 옆에 신이 있다.

엄마야
누나야
—

엄마야 누나야 강변 살자
뜰에는 반짝이는 금모래빛
뒷문 밖에는 갈잎의 노래
엄마야 누나야 강변 살자

김
소
월

나무

나무처럼 사랑스런 시를
이전에는 보지 못했네

단물이 흐르는 대지의 젖가슴에
목마른 입술을 대고 있는 나무,

온종일 하느님을 바라보며
잎이 무성한 팔을 들어 기도하는 나무,

여름에는 제 머리칼에
지빠귀 새 둥지를 틀게 하고

눈이 내리면 안아주며
여름비하고도 친하게 지내는 나무,

시는 나 같은 바보가 쓰지만
나무를 기르는 건 오직 하느님뿐이시네.

조이스 킬머

오늘의
약속

—

덩치 큰 이야기, 무거운 이야기는 하지 않기로 해요
조그만 이야기, 가벼운 이야기만 하기로 해요
아침에 일어나 낯선 새 한 마리가 날아가는 것을 보았다든지
길을 가다 담장 너머 아이들 떠들며 노는 소리가 들려
잠시 발을 멈췄다든지
매미 소리가 하늘 속으로 강물을 만들며 흘러가는 것을
문득 느꼈다든지
그런 이야기들만 하기로 해요

남의 이야기, 세상 이야기는 하지 않기로 해요
우리들의 이야기, 서로의 이야기만 하기로 해요
지나간 밤 쉽게 잠이 오지 않아 애를 먹었다든지
하루 종일 보고픈 마음이 떠나지 않아 가슴이 뻐근했다든지
모처럼 개인 밤하늘 사이로 별 하나 찾아내어
숨겨놓은 소원을 빌었다든지
그런 이야기들만 하기로 해요

실은 우리들 이야기만 하기에도 시간이 많지 않은 걸
우리는 잘 알아요
그래요, 우리 멀리 떨어져 살면서도
오래 헤어져 살면서도 스스로
행복해지기로 해요
그게 오늘의 약속이에요.

나
태
주

새사람

—

그럼요
날마다 새날이고
봄마다 새봄이구요
사람마다 새사람

그 중에서도 당신은
새봄에 새로 그리운
사람 중에서도 첫 번째
새사람입니다.

반갑다

나
태
주

저녁에

——

저녁에 잠든다는 건
내일의 소망을
가슴에 안는다는 일이고

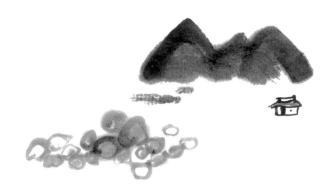

오늘의 잘못들을
스스로 용서하고
잊는다는 것이다.

03

삶,
진정한
여행

풀꽃과
놀다

—

그대 만약 스스로
조그만 사람 가난한 사람이라 생각한다면
풀밭에 나아가 풀꽃을 만나보시라

그대 만약 스스로
인생의 실패자, 낙오자라 여겨진다면
풀꽃과 눈을 포개보시라

풀꽃이 그대를 향해 웃어줄 것이다
조금씩 풀꽃의 웃음과
풀꽃의 생각이 그대 것으로 바뀔 것이다

그대 부디 지금, 인생한테
휴가를 얻어 들판에서 풀꽃과
즐겁게 놀고 있는 중이라 생각해보시라

그대의 인생도 천천히
아름다운 인생 향기로운 인생으로
바뀌게 됨을 알게 될 것이다.

나
태
주

행복

탐욕의 반대는 무욕이 아니라 만족입니다.
그 만족이 우리에게 행복을 약속합니다.

달
라
이

라
마

사랑하라,
한 번도
상처받지
않은
것처럼
—

춤
추
라,

아무도 보지 않는 것처럼.

사
랑
하
라,

한 번도 상처 받지 않은 것처럼.

노
래
하
라,

아무도 듣고 있지 않은 것처럼.

일
하
라,

돈이 필요하지 않은 것처럼.

살
라,

오늘이 마지막 날인 것처럼.

알
프
레
드
디
수
자

어머니
말씀의
본을
받아

—

지금껏 우리는 인생을 어떻게 살아야 할 것인가 보다는
무엇을 위해 살아야 하는가에 목을 매고 살았다
기를 쓰고 무엇인가를 이루려고만 애썼다
명사형 대명사형으로만 살려고 했다

보다 많이 형용사와 동사형으로 살았어야 했다
남의 것을 부러워하기보다는 내 것을 더 많이
사랑하고 아끼고 소중히 여기며 살았어야 했다
내가 얼마나 귀한 사람인가를 처음부터 알았어야 했다.

나
태
주

언젠가
때가
되면

—

언젠가 때가 되면
죽은 듯 보이던 메마른 담쟁이덩굴에
연둣빛 어린 새 잎이 피어나고

길가 커다란 붉은 고무 통에도
이름 없는 풀들이 태어납니다

숨 막히는 햇살과 사나운 칼바람을 견뎌낸 것이
큰 나무만의 이야기는 아닌가 봅니다

작고 건조한 내 마음에도
희망의 잎 하나 피어납니다.

루
피
나

수
녀

인생의
성공

—

내가 한 때 이 곳에서 살았으므로 해서
단 한 사람의 인생이라도
행복해지는 것

그것이 바로 당신의 진정한
인생의 성공이다.

랄프 왈도 에머슨

가장 훌륭한 시는 아직 씌어지지 않았다.
가장 아름다운 노래는 아직 불려지지 않았다.
최고의 날들은 아직 살지 않은 날들.
가장 넓은 바다는 아직 항해되지 않았고
가장 먼 여행은 아직 끝나지 않았다.

불멸의 춤은 아직 추어지지 않았으며
가장 빛나는 별은 아직 발견되지 않은 별.
무엇을 해야 할지 더 이상 알 수 없을 때
그때 비로소 진정한 무엇인가를 할 수 있다.
어느 길로 가야 할지 더 이상 알 수 없을 때
그때가 비로소 진정한 여행의 시작이다.

미라보
다리

—

하루하루 지나가고 세월도 흘러가고
지나간 날들은 돌아오지 않는다
우리들 사랑은 돌아오지 않는데
미라보 다리 아래 세느강은 흐른다

밤이여 오라 종아 울려라
세월은 가고 나는 여기 남는다.

나
짐
히
크
메
트

∖

기
욤
아
폴
리
네
르

남으로
창을
내겠소

—

왜 사냐건

웃 지 요 .

왜 사나건 웃지요

김
상
용

생명
—

누군가 죽어서   더 많이 죽어서
밥 이 다   반 찬 이 다

잘 살아야겠다.

나
태
주

아끼지
마세요

—

좋은 것 아끼지 마세요
옷장 속에 들어 있는 새로운 옷 예쁜 옷
잔칫날 간다고 결혼식장 간다고
아끼지 마세요
그러다 그러다가 철지나면 헌옷 되지요

마음 또한 아끼지 마세요
마음속에 들어 있는 사랑스런 마음 그리운 마음
정말로 좋은 사람 생기면 준다고
아끼지 마세요
그러다 그러다가 마음의 물기 마르면 노인이 되지요

좋은 옷 있으면 생각날 때 입고
좋은 음식 있으면 먹고 싶은 때 먹고
좋은 음악 있으면 듣고 싶은 때 들으세요
더구나 좋은 사람 있으면
마음속에 숨겨두지 말고
마음껏 좋아하고 마음껏 그리워하세요

그리하여 때로는 얼굴 붉힐 일
눈물 글썽일 일 있다한들
그게 무슨 대수겠어요!
지금도 그대 앞에 꽃이 있고
좋은 사람이 있지 않나요
그 꽃을 마음껏 좋아하고
그 사람을 마음껏 그리워하세요.

나
태
주

인생의
비극은
—

인생의 비극은
목표에 도달하지 못한 것이 아니라
도달할 목표가 없는 데에 있다.

하늘에 있는 별에 이르지 못하는 것이
부끄러운 일이 아니라
도달해야 할 별이 없는 것이
부끄러운 일이다.

가던
길
멈춰
서서
—

근심에 가득차, 가던 길 멈춰 서서
잠시 주위를 바라볼 틈도 없다면
얼마나 슬픈 인생일까?

근심에 가득 차, 가던 길 멈춰 서서

잠시 주위를 바라 볼 틈도 없다면

얼마나 슬픈 인생일까?

헨리 데이비스

우정
—

고마운 일 있어도 그것은
고 맙 다 는   말
쉽게 하지 않는 마음이란다

미안한 일 있어도 그것은
미 안 하 다 는   말
쉽게 하지 못하는 마음이란다

사랑하는 마음 있어도 그것은
사 랑 한 다 는   말
쉽게 하지 않는 마음이란다

네가 오늘 나한테 그런 것처럼.

나
태
주

그
날
이후
—

병원에 다녀 온 뒤 몸이 더 작아졌고
직장을 그만 둔 뒤 마음이 더 작아졌다

날마다 집에서만 지내다가
가끔은 아내 따라 시장에도 간다

아내가 생선을 사면 그것을 들고 다니고
아내가 잔치국수를 먹자 그러면 잔치국수를 먹는다

잔치국수 값은 4천 원
오늘은 이것으로 배가 부르다.

나
태
주

취하라

취하라 늘 취해 있어야 한다.
문제의 핵심은 이것이다. 이것만이 문제이다.
당신의 어깨를 짓눌러 땅으로 궁글리게 하는
시간의 끔찍한 짐을 느끼지 않으려면
노상 취해 있어야 한다.

그러나 무엇에?
술에건 시에건 미덕에건 당신 뜻대로.
다만 취하기만 하라.

자기를
함부로
주지
말아라

—

자기를 함부로 아무것에나 주지 말아라

부디 무가치하고 무익한 것들에게

자기를 맡기지 말아라

그것은 눈 감은 일이고 악덕이며

인생한테 죄 짓는 일이다

가장 아깝고 소중한 것은 자기 자신이다.

나
태
주

기다리라, 오래 오래
될 수 있는 대로 많이
지루하지만 더욱

이제 치유의 계절이 찾아온다
상처받은 짐승들도
제 혀로 상처를 핥아
아픔을 잊게 되리라

가을 과일들은
봉지 안에서 살이 오르고
눈이 밝고 다리 굵은 아이들은
멀리까지 갔다가 서둘러 돌아오리라

구름 높이, 높이 떴다
하늘 한 가슴에 새하얀
궁전이 솟았다

이제 제각기 가야할 길로
가야할 시간
기다리라, 더욱
오래오래 그리고 많이.

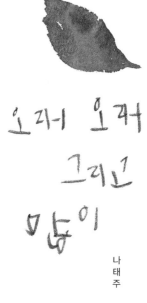

오래 오래
그리고
많이

나
태
주

만약에
내가

—

만약에 내가 한 사람의 가슴앓이를
멈추게 할 수 있다면
나 헛되이 사는 것은 아니리.

만약에 내가 누군가의 아픔을
쓰다듬어 줄 수 있다면
혹은 고통 하나를 가라앉힐 수 있다면
혹은 기진맥진 지친 울새 한 마리를
제 둥지로 돌아가게 할 수 있다면

나 지금 헛되이 사는 것은 아니리.

에
밀
리
디
킨
슨

달팽이는
느려도
늦지
않다

—

더 빨리 흐르라고 강물의 등을 떠밀지 말라.

강물은 나름대로의 최선을 다하고 있는 것이다.

장
루
슬
로

서시

—

죽는 날까지 하늘을 우러러
한 점 부끄럼이 없기를,
잎새에 이는 바람에도
나는 괴로워했다.
별을 노래하는 마음으로
모든 죽어가는 것을 사랑해야지.
그리고 나한테 주어진 길을
걸어가야겠다.

오늘밤에도 별이 바람에 스치운다.

윤동주

구름
밑으로
숨어라

—

사람들이 수레와 헛간으로 피할 때 그대
는 구름 밑으로 대피하라. 밥벌이를 그
대의 직업으로 삼지 말고 도락으로 삼으
라. 대지를 즐기되 소유하려 들지 마라.
진취성과 신념이 없기 때문에 사람들은
그들이 지금 있는 곳에 머무르면서 사고
팔고 농노처럼 인생을 보내는 것이다.

헨리 데이비드 소로

청춘

—

청춘이란 인생의 어떤 기간이 아니라
마음가짐을 말한다.
장밋빛의 용모, 붉은 입술, 나긋나긋한 손발이 아니라
굳은 의지, 풍부한 상상력, 타오르는 열정을 가리킨다.
청춘이란 인생의 깊은 샘의 청신함을 말한다.

사
무
엘

울
만

나의 무덤 앞에는 그 차거운 비(碑)ㅅ돌을 세우지 말라.
나의 무덤 주위에는 그 노오란 해바라기를 심어 달라.

푸른 보리밭 사이로 하늘을 쏘는 노고지리가 있거든
아직도 날아오르는 나의 꿈이라고 생각하라.

함
형
수

당황한 나머지 어쩔 줄 몰라, 나는 힘없이 떨고 있는 홈리
스의 손을 덥석 움켜잡았습니다.

"미안합니다, 형제. 내 급하게 나오느라 아무것도 가진 게
없구려."

홈리스는 붉게 충혈된 두 눈으로 물끄러미 나를 올려다
보았습니다. 그의 파리한 두 입술에 가느다란 미소가 스
쳐 가는 것을 볼 수 있었습니다. — 그리고 그는 자기대로
나의 싸늘한 손가락을 꼭 잡아주었습니다. 그러면서 그는
혼자 중얼거리듯 말했습니다.

"괜찮습니다, 선생님. 그것만으로도 고맙습니다. 그것도
역시 적선이니까요."

나는 그때 깨달았습니다. ― 거꾸로 이 형제에게서 내가
적선을 받았다는 사실을…….

뒷모습
—

뒷모습이 어여쁜
사람이 참으로
아름다운 사람이다

자기의 눈으로는 결코
확인이 되지 않는 뒷모습
오로지 타인에게로만 열린
또 하나의 표정

뒷모습은
고칠 수 없다
거짓말을 할 줄 모른다.

나
태
주

뒤를
돌아보며
—

가다가, 바람보다 빨리

가다가 문득 뒤를 바라본다

발밑에 붉은 꽃

다만 이름을 버리고 붉은 꽃

가다가, 바람보다 먼저

가다가 돌아서서 바라본다

안개에 싸인 산

산에 묻힌 또 새소리

아, 니들이 나를 불렀구나
나를 불러 세웠구나

나보다 더 빠르게 간 그는
지금 어디쯤 멈춰 서서
뒤를 돌아보며 내가 오기를
기다리고 있는 걸까?

나
태
주

화살과
노래

—

나는 허공을 향해 화살을 쏘았으나
화살은 땅에 떨어져 간 곳이 없었다.

빠르게 날아가는 화살의 자취
누가 그 빠름을 따라갈 수 있었으랴.

나는 허공을 향해 노래를 불렀으나
노래는 땅에 떨어져 간 곳이 없었다.

누가 날카롭고도 밝은 눈이 있어
날아가는 그 노래 따라갈 수 있었으랴.

세월이 흐른 뒤 고향의 뒷동산 참나무 밑둥에
그 화살 부러지지 않은 채 꽂혀 있었고

나의 노래 처음부터 마지막 구절까지
친구의 가슴 속에 숨어 있었다.

헨리 워즈워스 롱펠로우

내가 만약
인생을 다시
살 수만
있다면
—

내가 만약 인생을 다시 산다면
그때는 더 많이 실수를 저질르고
긴장을 풀고 몸을 부드럽게 하리라.
내가 만약 인생을 다시 살 수만 있다면
지난번 살았던 인생보다 더 우둔하게 살리라.
되도록 심각해지지 않고
좀 더 즐거운 기회를 잡으리라.
여행도 더 자주 다니고,
석양도 더 오래 바라보리라.
산을 향한 발걸음도 더 자주 하고,
나를 돌아볼 나만의 시간들로
명상에 잠긴 시간들을 늘려 보리라.
부질없음에 보내는 시간을 갖지 않으리라.
소중한 내 인생을
결코 함부로 하는 시간을 갖지 않으리라.
그 어느 것보다
내 자신을 사랑하리라.

한
노
인
의

시

04

사랑,
꽃을 보듯
너를 본다

사랑에
답함

—

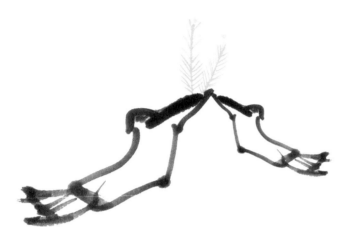

예쁘지 않은 것을 예쁘게
보아주는 것이 사랑이다

좋지 않은 것을 좋게
생각해주는 것이 사랑이다

싫은 것도 잘 참아주면서
처음만 그런 것이 아니라

나중까지 아주 나중까지
그렇게 하는 것이 사랑이다.

나
태
주

과수원으로
오서요

—

꽃과 술과 촛불이 있는
과수원으로 오세요

당신이 안 오시면
이 모든 것들이 무슨
의미가 있겠어요

하지만 당신이 와주기만 한다면
이 모든 것들이 또한
무슨 의미가 있겠는지요.

루
미

가장
아름다운 선물은
당신입니다

하늘 아래 내가 받은
가장 커다란 선물은
오 늘 입 니 다

오늘 받은 선물 가운데서도
가장 아름다운 선물은
당 신 입 니 다

당신 나지막한 목소리와
웃는 얼굴, 콧노래 한 구절이면
한아름 바다를 안은 듯한
기 쁨 이 겠 습 니 다 .

나
태
주

자세히 보아야
예쁘다

오래 보아야
사랑스럽다

너도 그렇다.

자세히 보아야
예쁘다

오래 보아야
사랑스럽다

너도 그렇다

나
태
주

너를
두고

—

세상에 와서
내가 하는 말 가운데서
가장 고운 말을
너에게 들려주고 싶다

세상에 와서
내가 가진 생각 가운데서
가장 예쁜 생각을
너에게 주고 싶다.

아름다운
사람

─

아름다운 사람
눈을 둘 곳이 없다
바라볼 수도 없고
그렇다고 아니 바라볼 수도 없고
그저 눈이
부시기만 한 사람.

산버들
가려
꺾어

—

산버들 가려 꺾어 보냅니다 임에게
주무시는 창밖에 심어두고 보소서
밤비에 새잎 나거든 나인가도 여기소서.

오늘도
그대는
멀리
있다

—

전화 걸면 날마다
어디 있냐고 무엇 하냐고
누구와 있냐고 또 별일 없냐고
밥은 거르지 않았는지 잠은 설치지 않았는지
묻고 또 묻는다

하기는 아침에 일어나
햇빛이 부신 걸로 보아
밤사이 별일 없긴 없었는가 보다

오 늘 도 그 대 는 멀 리 있 다

이제 지구 전체가 그대 몸이고 맘이다.

나
태
주

좋다

—

좋아요

좋다고 하니까 나도 좋다.

좋아요
좋다고
하니까
나도 좋다

나
태
주

황홀, 눈부심

좋아서 어쩔 줄 몰라 함

좋아서 까무러칠 것 같음

어쨌든 좋아서 죽겠음

해 뜨는 것이 황홀이고

해 지는 것이 황홀이고

새 우는 것 꽃 피는 것 황홀이고

강물이 꼬리를 흔들며 바다에

이르는 것 황홀이다

그렇지, 무엇보다

바다 울렁임, 일파만파, 그곳의 노을,

빠져 죽어버리고 싶은 충동이 황홀이다

아니다, 내 앞에

웃고 있는 네가 황홀, 황홀의 극치다

도대체 너는 어디서 온 거냐?

어떻게 온 거냐?

왜 온 거냐?

천 년 전 약속이나 이루려는 듯.

나
태
주

멀리서
빈다
—

 어딘가 내가 모르는 곳에
보이지 않는 꽃처럼 웃고 있는
너 한 사람으로 하여 세상은
다시 한 번 눈부신 아침이 되고

어딘가 네가 모르는 곳에
보이지 않는 풀잎처럼 숨 쉬고 있는
나 한 사람으로 하여 세상은
다시 한 번 고요한 저녁이 온다

가을이다, 부디 아프지 마라.

나
태
주

새봄

—

꽃나무 아래 거닐다보니
꽃 따라 나도 꽃피네.
발걸음마다 휘청거리며
나 꿈속처럼 거니네.

오, 나를 붙잡아 주오, 제발!
그렇지 않으면 나 사랑에 취해
당신 발아래 쓰러질 것만 같아요.
정원에 사람들 이렇게 많은데 말이에요.

하
인
리
히

하
이
네

부탁

너무 멀리까지는 가지 말아라
사 랑 아

모습 보이는 곳까지만
목소리 들리는 곳까지만 가거라

돌아오는 길 잊을까 걱정이다
사 랑 아 .

나
태
주

비둘기

—

두 마리의 산비둘기가
사랑하는 마음으로
산 너머로 날아갔습니다.

그 다음은
말할 수 없습니다.

꿈속의
넋

—

그대 찾는 꿈속 나의 넋이
자취를 남긴다면

그대의 집 앞 돌길은
모래가 되었으리.

장
콕
토

﹨

이
옥
봉

한
사람
건너
—

꽃을 보듯

너를 본다

꽃을 보듯 너를 본다.

나
태
주

너도
그리냐

—

멀리 길을 떠나도 너를 생각하며 떠나고
돌아올 때도 너를 생각하며 돌아온다
오늘도 나의 하루해는 너 때문에 떴다가
너 때문에 지는 해이다

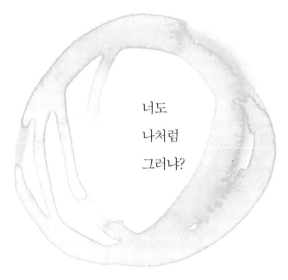

너도
나처럼
그러냐?

나
태
주

연서

이 세상에서 당신을 사랑하는 사람이
백 사람이 있다면
그중에 한 사람은 나입니다.

이 세상에서 당신을 사랑하는 사람이
열 사람이 있다면
그중에 한 사람은 나입니다.

이 세상에서 당신을 사랑하는 사람이
한 사람밖에 없다면
그 한 사람은 바로 나입니다.

이 세상에서 당신을 사랑하는 사람이
한 사람도 없다면
그건 내가 이 세상에 없기 때문입니다.

프
란
체
스
카

도
너
리

내가
너를

—

내가 너를
얼마나 좋아하는지
너는 몰라도 된다

너를 좋아하는 마음은
오로지 나의 것이요,
나의 그리움은
나 혼자만의 것으로도
차고 넘치니까……

나는 이제
너 없이도 너를
좋아할 수 있다.

나
태
주

화살기도

—

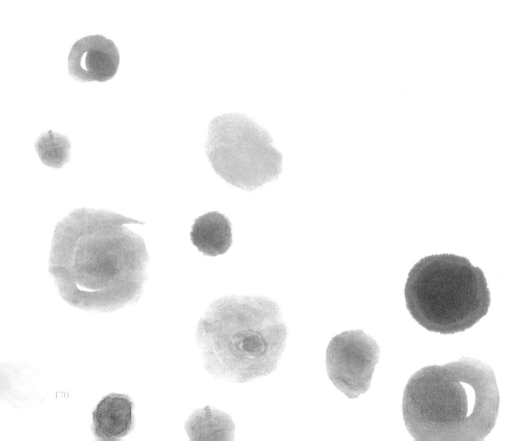

아직도 남아있는
아름다운 일들을
이루게 하여 주소서
아직도 만나야할
좋은   사람들을
만나게 하여 주소서
아멘이라고 말할 때
네 얼굴이 떠올랐다
퍼뜩 놀라 그만 나는
눈을 뜨고 말았다.

나
태
주

선물

—

나에게 이 세상은 하루하루가 선물입니다
아침에 일어나 만나는 밝은 햇빛이며 새소리,
맑은 바람이 우선 선물입니다

문득 푸르른 산 하나 마주했다면 그것도 선물이고
서럽게 서럽게 뱀 꼬리를 흔들며 사라지는
강물을 보았다면 그 또한 선물입니다

한낮의 햇살 받아 손바닥 뒤집는
잎사귀 넓은 키 큰 나무들도 선물이고
길 가다 발밑에 깔린 이름 없어 가여운
풀꽃들 하나하나도 선물입니다

무엇보다도 먼저 이 지구가 나에게 가장 큰 선물이고
지구에 와서 만난 당신,
당신이 우선적으로 가장 좋으신 선물입니다

저녁 하늘에 붉은 노을이 번진다 해도 부디
마음 아파하거나 너무 섭하게 생각지 마셔요
나도 또한 이제는 당신에게
좋은 선물이었으면 합니다.

나
태
주

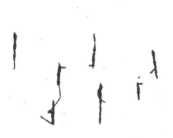

돌아가기엔 이미 너무 많이 와버렸고
버리기에는 차마 아까운 시간입니다

어디선가 서리 맞은 어린 장미 한 송이
피를 문 입술로 이쪽을 보고 있을 것만 같습니다

낮이 조금 더 짧아졌습니다
더욱 그대를 사랑해야 하겠습니다.

나
태
주

봄
—

새들이 보고 있어요
우리 둘이 어깨 비비고
걸어가는 것

꽃들이 웃고 있어요
우리 둘이 눈으로 말하고
이야기하고 있는 것.

나
태
주

177

소망

—

많은 것을 알기를
꿈꾸지 않는다

다만 지금, 여기
내 앞에서 웃고 있는 너

그것이 내가 아는 세상의
전부이기를 바란다.

나
태
주

05

그리다,
어느 봄날에선가
꿈에선가

그리운 날은 그림을 그리고
쓸쓸한 날은 음악을 들었다

그리고도 남는 날은
너를 생각해야만 했다.

나
태
주

안부

오 래
보고 싶었다

오 래
만나지 못했다

잘 있 노 라 니
그것만 고마웠다.

나
태
주

사막

—

사막에서 그는

너무도 외로워서

때때로 뒷걸음질로 걸었다

모래에 찍힌

자기의 발 자 국 을 보기 위해서.

오 르 텅 스 블 루

바람에게 묻는다
지금 그곳에는 여전히
꽃이 피었던가 달이 떴던가

바람에게 듣는다
내 그리운 사람 못 잊을 사람
아직도 나를 기다려
그곳에서 서성이고 있던가

내게 불러줬던 노래
아직도 혼자 부르며
울고 있던가.

나
태
주

호수

얼굴 하나야
손바닥 둘로
푹 가리지만

보고 싶은 마음
호수만 하니
눈 감을 밖에

정
지
용

기도

—

내가 외로운 사람이라면
나보다 더 외로운 사람을
생각하게 하여 주옵소서

내가 추운 사람이라면
나보다 더 추운 사람을
생각하게 하여 주옵소서.

나
태
주

꽃이 되어
새가 되어
—

지고 가기 힘겨운 슬픔 있거든
꽃 들 에 게   맡 기 고

부리기도 버거운 아픔 있거든
새 들 에 게   맡 긴 다 .

나
태
주

그리움

잉크병 얼어드는 이러한 밤에
어쩌자고 잠을 깨어
그리운 곳
차마 그리운 곳

눈이 오는가 북쪽엔
함박눈 쏟아져 내리는가

내가
죽거든

—

아무 것도 들리지 않고 또 보이지 않는

어둠 속에 누워 꿈이나 꾸면서

다만 당신을 생각하고 있으렵니다

아니에요, 어쩌면 나도 당신을 잊을지도 모르겠어요.

이
용
악

＼

크
리
스
티
나

로
제
티

세월이
가면

—

사랑은 가고
옛날은 남는 것
여름날의 호숫가
가을의 공원
그 벤치 위에
나뭇잎은 떨어지고,
나뭇잎은 흙이 되고
나뭇잎에 덮여서
우리들 사랑이 사라진다 해도
지금 그 사람 이름은 잊었지만
그 눈동자 입술은
내 가슴에 있어
내 서늘한 가슴에 있건만

박
인
환

어느
봄날에선가
꿈에선가

—

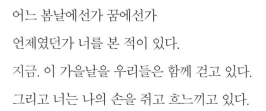

어느 봄날에선가 꿈에선가
언제였던가 너를 본 적이 있다.
지금. 이 가을날을 우리들은 함께 걷고 있다.
그리고 너는 나의 손을 쥐고 흐느끼고 있다.

흘러가는 구름을 우는가.
핏빛처럼 붉은 나뭇잎 때문인가. 그렇지 않으리.
언제였던가 한 번은, 네가 행복하였기 때문이리라.
어느 봄날에선가 꿈에선가…….

라
이
너

마
리
아

릴
케

당신
때문입니다

—

하루를 살아도 나
곱게 숨 쉬는 사람임은 오로지
당신 때문입니다

뜨는 해를 보아도
작은 풀꽃 한 송이를 보아도
길가다 문득 새소리를 듣다가도 나
눈물 글썽이는 소년임은 그 또한
당신 때문입니다.

술은 입으로 들어오고
사랑은 눈으로 들어온다네.
우리가 나이 들어 세상 뜨기 전
알아야 할 진실은 다만 이것뿐.
나는 술잔에 내 입술을 적시며
그대를 바라보며 한숨을 짓네.

나
태
주

＼

윌
리
엄

예
이
츠

연꽃
피는
날이면

—

아, 연꽃이 피는 날이면, 슬퍼집니다.
제 마음 길을 잃고 헤매이니
이를 어찌하면 좋겠습니까.

라빈드라나트 타고르

내
마음을
아실
이

—

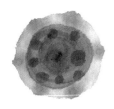

아! 그립다
내 혼자 마음 날 같이 아실 이
꿈에나 아득히 보이는가

향맑은 옥돌에 불이 달어
사랑은 타기도 하오런만
불빛에 연긴 듯 희미론 마음은
사랑도 모르리 내 혼자 마음은

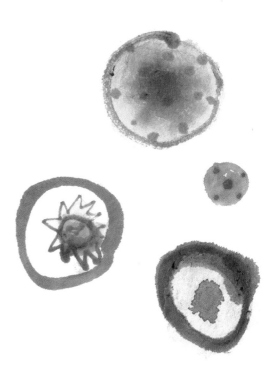

산에서

—

저 산 아래

조그만 오막살이에 살고 있던

사랑하는 사람은 무덤으로 가버렸다

둘이 같이 앉아 있던 집 앞

그 앞에 서 있던

나무만이 남아 있고…

아
이
헨
도
르
프

잊어버리세요

—

잊어버리세요, 꽃을 잊어버리듯

잊어버리세요.

한때 금빛으로 타오르던 불꽃을 잊어버리듯

영원히 아주 영원히

잊어버리세요.

사
라

티
즈
테
일

길

—

할아버지도 언제 난 지를 모른다는 마을 밖 그 늙은 버드나무 밑에서 나는 지금도 돌아오지 않는 어머니, 돌아오지 않는 계집애, 돌아오지 않는 이야기가 돌아올 것만 같아 멍하니 기다려 본다. 그러면 어느새 어둠이 기어와서 내 뺨의 얼룩을 씻어 준다.

김
기
림

잊혀진
여자

쫓겨난 여자보다
좀 더 가엾은 여자는
죽은 여자예요

죽은 여자보다
한층 더 가엾은 여자는
잊혀진 여자예요.

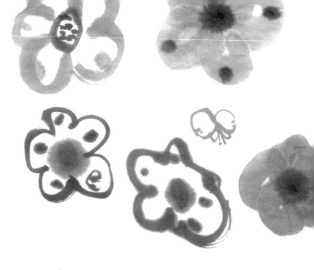

꽃그늘

아이한테 물었다

이담에 나 죽으면
찾아와 울어줄 거지?

대답 대신 아이는
눈물 고인 두 눈을 보여주었다.

들국화

들국화

바람 부는 등성이에
혼자 올라서
두고 온 옛날은
생각 말자고,
아주아주 생각 말자고.

갈꽃 핀 등성이에
혼자 올라서
두고 온 옛날은
잊었노라고,
아주아주 잊었노라고.

구름이 헤적이는
하늘을 보며
어느 사이
두 눈에 고이는 눈물.
꽃잎에 젖는 이슬.

나
태
주

—

요즘 며칠 너 보지 못해
목이 말랐다

어제 밤에도 깜깜한 밤
보고 싶은 마음에
더욱 깜깜한 마음이었다

몇날 며칠 보고 싶어
목이 말랐던 마음
깜깜한 마음이
눈이 되어 내렸다

네 하얀 마음이 나를
감싸 안았다.

나
태
주

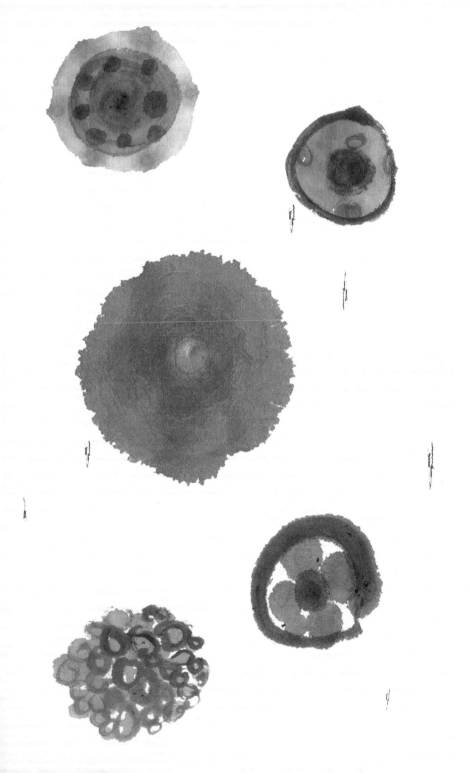

06

사람,
나의 소중한
사람들

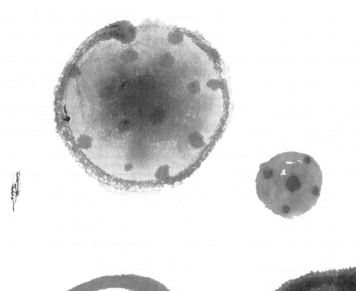

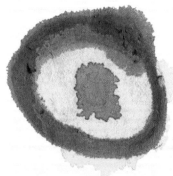

아내를
위하여

친구들 모두 나보다 잘난 듯이 보이는 날은

꽃다발 사들고 와

아내와 오순도순

이
시
카
와

다
쿠
보
쿠

아 기뻐하여라 그대는 그 밤에 혼자 있는 게 아니고
별빛 속에 길을 가는 수많은 사람들과 함께 있고
그 가운데 한 사람은 그대에게로 오고 있는 것이다.

한스
스
카
롯
사

어머님께

———

이야기할 것이 참 많았습니다.
너무나 오랫동안 나는 객지에 있었습니다.
그러나 가장 나를 이해해 준 분은
어느 때나 당신이었습니다.

어머님께

헤르만 헤세

친구
보내고

—

해마다 봄이 오면
풀이야 새로 푸르겠지만
한 번 떠난 그대
다시 만날지 모르겠구려.

왕
유

많이 보고 싶겠지만

조 금 만   참 자 .

몽당
연필
—

아내도 나에겐 하나의 몽당연필이다
많이 닳아지고 망가졌지만
아직은 쓸모가 남아있는 몽당연필이다

아내 눈에 나도 하나의
몽당연필쯤으로 보여졌으면
싶은 날이 있다.

나
태
주

아내

———

이 지푸라기 머리칼을 언제 또 쓰다듬어주나?

짧은 속눈썹의 이 여자 고요한 눈을 언제 또 들여다보나?

작아서 귀여운 코 조금쯤 위로 들려 올라간 입술

이 지푸라기 머리칼을 가진 여자를 어디 가서 다시 만나나?

이 지푸라기 머리칼을
언제 또 쓰다듬어주나?

짧은 속눈썹의 이 여자 고요한 눈을
언제 또 들여다보나?

작아서 귀여운 코
조금쯤 위로 들려 올라간 입술

이 지푸라기 머리칼을 가진 여자를
어디가서 만나나?

나
태
주

유언시

아들에게
딸에게

—

인생은 귀한 것이고 참으로 아름다운 것이란 걸
너희들도 이미 알고 있을 터,
하루하루를 이 세상 첫날처럼 맞이하고
이 세상 마지막 날처럼 정리하면서 살 일이다
부디 너희들도 아름다운 지구에서의 날들
잘 지내다 돌아가기를 바란다
이담에 다시 만날지는 나도 잘 모르겠구나.

나
태
주

크리스마스이브
눈 내리는 늦은 밤거리에 서서
집에서 혼자 기다리고 있는
늙은 아내를 생각한다

시시하다 그럴 테지만
밤늦도록 불을 켜놓고 손님을
기다리는 빵 가게에 들러
아내가 좋아하는 빵을 몇 가지
골라 사들고 서서
한사코 세워주지 않는
택시를 기다리며
이십 년하고서도 육 년 동안
함께 산 동지를 생각한다.

나
태
주

울던
자리

—

여기가 셋이서 울던 자리예요
저기도 셋이서 울던 자리예요
그리고 저기는 주저앉아
기도하던 자리고요

병원 로비에서
복도에서
의자 위에서
그냥 맨바닥 위에서

준비 안 된 가족과의 헤어짐이
너무나도 힘겨워서
가장의 죽음 앞에 한꺼번에 무너져서

여러 날 그들은
비를 맞아 날 수 없는
세 마리의 산비둘기였을 것이다.

나
태
주

돌아앉은 사람
오래 전에 버려진 약속
자그마한 소리로 중얼거리며
날이 저문다

해가 지고서도 한참 동안을
흐린 먹물 빛으로 발밑을
더듬적거리다 간다

어머니, 어머니
지금 어디쯤 계셔요?
울고 있는 이 아들이
보이지 않으시나요?

서편 하늘에 걸려 나부끼는
핏빛 노을
누군가 남긴 마지막 시처럼
곱고도 붉다.

나
태
주

어버이날

고 마 워 요
그냥 엄마가 내 엄마인 것이
고마워요

고 맙 구 나
그냥 네가 내 아들인 것이
고맙구나.

나
태
주

아내
없는 날

—

공연스레 허둥댄다
집안이 갑자기 더 커진 것 같고
하루해가 더 긴 것 같다
엉뚱한 짓을 하기도 한다
몸에 좋지 않다는 라면을
끓여 먹는 날도 이런 날이다.

나
태
주

돌아오는
길
—

점심 모임을 갖고 돌아오면서
짬짬이 시간
돌아오는 길에 들러 본 집이 좋았고
만난 사람은 더 좋았다

혼자서 오래 산 사람
오래 살았지만 외로움을 잘 챙겼고
그러므로 따뜻함을 잃지 않은 사람
마주 앉아 마신 향기로운 차가 좋았고
서로 웃으며 나눈 이야기는 더욱 좋았다

우리네 일생도 그렇게
끝자락이 더 좋았다고 향기로웠다고
말할 수 있었으면 참 좋겠다.

나
태
주

오래 보아야 예쁘다
너도 그렇다

1판 1쇄 발행 2015년 12월 15일
1판 28쇄 발행 2024년 4월 18일

엮은이 나태주
그린이 한아롱

발행인 양원석
펴낸 곳 ㈜알에이치코리아
주소 서울시 금천구 가산디지털2로 53, 20층 (가산동, 한라시그마밸리)
편집문의 02-6443-8842   도서문의 02-6443-8800
홈페이지 http://rhk.co.kr
등록 2004년 1월 15일 제2-3726호

ⓒ 2015 by 나태주, 한아롱
Printed in seoul, Korea

ISBN 978-89-255-5811-0(03810)